KB070976

사랑의 근력

김안녕

시인의 말

내게 최초로 흐르던 음악은 강물이었을 거다. 바람에 흔들리는 미루나무였을 거다. 철새들이 땅을 박차고 날아오르는 소리였을 거다. 11월 저문 들녘을 바라보며 스물다섯 살 엄마가 부르는 자장가였을 거다.

이 세 번째 시집은 그 음악들에 기대어 태어났고, 그리하여 지금 나는 안녕하다.

2021년 가을
김안녕

사랑의 근력

차례

2부 벼랑으로 소풍 간다

3부 사라짐 뒤에 오는 것

1부

주먹을 꽉 쥐어도 새는 날아간다 미지의 곳으로

시의 맛

장독대 속 묵은 김치를 죽죽 찢어 빨아 본다
여물어 터질 것 같은 여름이 섰는 포도원의 알을 깨물어 본다

봉숭아 물들인 손톱
그 안에 갇혀 있는 달 한 조각을
새벽 다섯 시 아직 깨지 않은 하늘을
야윈 그림자 비친 우물물 한 모금을
들이켜 본다

어떤 암흑 속에서도
결코 신으로부터 구원받지 않겠어,
그걸 유일한 자부심으로 삼는 시인들이
우주 밥상에 그득하다

사랑의 발견

낮과 밤
이불 속으로 눈이 내린다
귓속엔 자벌레들이 혀 짧은 소쩍새 털 많은 사내가 살아
가려운 것투성이

아이비 이파리는 심장 모양
사람 눈에는 그 사람의 심장이 올라와 있다는데

마스크를 쓰고부터는
웃음 비웃음을 다 가릴 수 있고
연습하지 않았는데 연기가 늘고

유일하게 늘지 않는 것은 시와 사랑이다
안 풀리는 4번 문제를 종일 풀고 있다
꿈에서도 현실에서도 시를 망친다

마음을 먹는 대신

미움을 먹으려 하지만
마음과 미움은 한 끗 차이지만

땡감이 비에 떨어지고 무화과 열매가 익고
잠글 수 없는 냄새처럼 열병이 퍼지고
모르는 순간 내게로 건너온 참혹은
물혹이 아니라서 칼로 도려낼 수도 불로 지질 수도
없다

씹다 붙인 껌처럼
사랑만큼 근력이 필요한 종목도 없다

한 손

시루에서 콩나물을 뽑아내고 번쩍번쩍 빛나는 갈치의 목을 딴다
엄마 손은 약손 엄마 손은 두꺼비 손 뚝딱뚝딱 밥이 나오고 공책이 나오고 표준전과가 나오고

마음먹고 산 옷의 지퍼가 올라가지 않을 때 사람의 입술이 성벽처럼 완고할 때 돌을 던지고 모래를 흩뿌려댔다 세상에 대한 유일한 저항이 내 손을 더럽히는 것이었다니
손을 잡고 싶었지만 망설였고 손을 내어줄 수 있었지만 주머니에 넣어 두는 편이 안전하다 믿었던 날
손쓸 수 없는 일도 세계엔 넘쳐났지

보증금 천에 월 삼십, 손 없는 날을 골라 이사했지만 부자가 되거나 갑자기 월급이 오르거나 하지 않았다 그래도 안심은 되었다 더 불행해지지 않을 거라는 믿음
침대 맡에 호랑이 그림을 올려 두고는 손이 하나뿐인 어떤 여인을 손가락이 열한 개인 또 한 여인을 위해 기도

하다 보면 겨울이 무던히도 지나갔다, 지나가지 않았다

불도 켜지 않은 저녁에 뭉툭한 엄마 손이 겨울 외투를 깁고 있다 오래된 것들이 빚어내는 광채, 그게 부끄러워 돌아가던 날이 있었다고 이제 고백할 수도 있겠다

발밑이 진창일 때 더는 달아날 데가 없을 때 먼먼 우리 집 같은 빨주노초 지붕들을 올려다본다

무 뿌리 같은 겨울을 움켜잡고 생애 한 벌의 수의를 짜는 무수한 손들이 깃발처럼 빨래처럼 펄럭, 펄럭거리는

마음

키 작은 내가 가끔은
키 큰 수숫대의 마음을 알 것 같기도 한 것처럼

어느 날엔
애 둘 낳고 서른에 집 떠난 큰삼촌 마음을 알 것 같기도 하다

엄마가 우리 몰래 무언가를 숨겨 놓던 다락에도
장롱처럼 깊고 캄캄한 곳에도
그것은 있다가 없고
없다가 있었다

조약돌만 할까 그것은?
솜사탕처럼 바스라지기 쉬운 걸까?
불같다는 소문이 돌았고
누구는 귀신같다며 가만히 입술에 손가락을 댔다

기실은 물뱀의 무늬처럼 여린 배신자의 마음

추분이 오기 전 벼락같이 떨어져 내리는 능소화의 마음

기어이 물을 건너가는 사공의 마음

사탕 봉지를 열면 달콤한 사탕 냄새

곧 죽어도 괜찮을 것 같던 사랑스런 냄새

어떤 사람은 그 냄새를 찾는 데 일생을 바치기도 한다

석류가 익는 계절

"우리의 겨울은 당신의 여름보다 뜨겁다"

지난겨울 에스모텔에 내걸렸던 현수막이 여태 펄럭인다
철 지난 것과 철 모르는 것들이 여름을
뒤집어쓴 채 엉켜 있다

오십 원짜리 동전처럼 주울까 말까 고민하는
기억들이 매일 늘어 간다 목 늘어난
셔츠가 서랍에 쌓여 간다

쓸모 있는 것과 쓸모없는 것을
어떻게 구분하는 겁니까
누구에게 물을 수라도 있다면

거두는 이 하나 없는 열매의 무색함처럼
한없이 붉기만 한 석류
시어 빠진 앵두처럼

우리의 여름은 대체 뜨겁기라도 하였습니까?

마흔 번 살아 본 여름인데도 겨우
처음인 것 같은 여름

먼지 덧입은 선풍기 프로펠러 돌아가는 소리
흐려진 시력을 탓하며 두 눈을 찡그리는 소리
서른 개의 다리로도 마지못해 돈벌레가 기어가는 소리

세상의 모든 음악들 당신의 창을 향해 날아가네,
끄는 법을 나는 알 수 없고

팔월 석류알 벌어지듯
슬픔이 조금씩 새 나오는 소리

누가 같이 살고 있다

금 간 접시
죽은 화분은 집에 두는 게 아니란다

그런 말만 골라 하던 여자가 폐지를 모은다고 했다
이웃들은 외로워서, 라고 했다
폐지 줍는 노인을 볼 때마다
비어 있어 더 무거운 리어카가 한쪽으로 기우뚱거렸다

—나는 내가 저, 그칠 줄 모르는 장맛비 같아

불을 끄고 누우면 낮에 들리지 않던 소리들이 들린다
안 보이던 별의 뒷면이 보인다
배꼽 냄새 같은 게 몸을 부풀려 공기 속을 떠다니고
누가 같이 사는 걸까, 계속 누워 있으면 나는 정말
얼굴 모르는 누구와 같이 사는 것만 같고

강화 춘천 다르질링
발을 간지럽게 하던 먼먼 지명들을 불러 본다

양 한 마리 양 두 마리 양 백 마리
그래도 꿈은 순해지지 않아

세꼬시에 남은 가시처럼
혀 위에 남은 단어들이

압정처럼 별의 촉수처럼

깜빡— 깜빡— 깜빡—

망원

망원, 망원은
희망보단 원망하는 마음들이 모여 사는 마을 같다
퇴근할 때 그런 마음은 더해지고

시를 써야 할 텐데
못 쓴 날들이 얼마나 되었지,
어쩔 땐 사랑하는 사람의 얼굴이 기억나지 않는다

저녁 끼니로 순대 일 인분을 산다
—내장 넣어 드려요?
—간만 빼고 주세요
—간만 달라는 분도 있고 간만 빼고 달라는 분도 있고 다 달라요

마스크 밖으로 웃음이 삐져나오고
푸드트럭 사장님은 길바닥에 사는 현자구나
희멀건 허공 간질이듯 내장 냄새 피어오른다

—멀리 가요?
—예, 멀리 갑니다

순대는 비닐에 한 번 담기고
신문지에 돌돌 말려 사각 보따리가 된다

—이렇게 싸면 식지도 않고 냄새도 안 나요

나는 정말 멀리 가는 사람이 된 것 같다

태릉행 전철을 탄다
식지 않는 순대가
식지 않을 심장처럼
동행한다

기꺼이
꺼이꺼이

가륜*

아련함이라는 단어에 대해 말하려면 우리는 잠시 눈을 감아야 한다

휘파람 서툰 미루나무가 네 그루
종일 누구를 기다리다 목이 마른 플라타너스가, 시소를 탄다 한 잎 두 잎
오른쪽이 기울다가 왼쪽이 기울어지다 끝내는
허공만 그득한 운동장

나무야 나무야 넌 뭐가 그렇게 그리운 거니

분홍색 마미손 고무장갑을 핏빛 손목으로
상상하게 된 날부터 연못을 빙 돌아 집에 간다

귀신은 잘도 숨어서 나를 따라오고
시궁쥐는 오남이네 식구처럼 나날이 번성해서
시끄럽다 귀가 가렵다

씩씩하게를 씩식하게로 잘못 받아쓴 날
내가 아는 세상엔 씩씩한 사람이 없다는 생각에 조금 외로워진다
외로움이라는 단어를 미처 배우지 않았지만

그것은 단벌 바지에 터진 주머니처럼,
오로지 내 눈에만 보이는 것

* 경북 고령군 덕곡면 가륜리

흘역吃逆*

—우리가 만날 때마다 비가 오네
당신의 말이 도시 틈새로 스며들어 비구름을 만들었다

붉은 육개장 국물을 삼키는데
왜 하필 고사리가 왜 하필 토란대가
비 오는 날은 억울한 일 천지

우기도 아닌데 비는 계속 내린다 저녁에도 새벽에도
설거지통에 밀린 그릇들이 쌀통의 벌레들이
스멀스멀 빗방울처럼 기어 나와
뒤통수가 가렵다

온몸이 물로 꽉 찬 다육식물처럼
시치미 뚝 떼고 살아가는 게 생이란다,
꿈에 목소리를 들은 것도 같다

다시 쌀을 씻어 안친다
고등어를 구워도 가시를 삼켜도 딸꾹질이

그치지 않는다

* 첫 시집 『불량 젤리』에 쓴 「시인의 말」을 변용함

덩그러니

우리는 봄에 만나 여름에 이별하고
다시 겨울에 만나 겨울에 헤어진다

어떤 하품은 전염되고 어떤 죽음은 진열된다

202번 버스를 타려고 버둥거리다
아끼던 장갑 한 짝을 잃어버리는 꼴이라니
장갑만의 일은 아니어서

지문과 파문이 소용돌이치는 손바닥이 민망해져
더 기쁘게 씩씩하게 손 흔들며 인사하는 법을 배운다
안녕, 오라는 것인지
안녕, 가라는 것인지
의문형의 빈손을 덩달아 흔든다

피아노를 칠 수 있고
고기를 자를 수 있지만
뛰는 심장 위에 가지런히 포개어 놓던 손은 아니다

어쩌자고 헐벗은 것들의 마블링은 대책 없이 아름다운 것인지

아무리 주먹을 꽉 쥐어도 새는 날아간다
미지의 곳으로
정거장에는 깃털처럼 많은 밤들이 펼쳐지리라
사람들의 기다림이 저렇게 긴 길을 세상에 부려 놓았으니

열한 시 오십 분 같은 마음으로
열한 시 오십오 분 같은 마음으로
집으로도 갈 수 있고 무덤으로도 갈 수 있는 태릉입구역

핏기가 없는
떨림이 없는

손 하나

뼈 심부름

엄마는 초등학교 오학년 막냇동생을 뼈다귀 사 오라 보냈다
엄마도 나도 기억 못 하는 오래전 이야기

백사십 센티도 안 되는 아이가 노란 양동이 들고
뼈 사러 가는 마음은 어떤 마음일까
몇 번을 휘청거려야 집으로 돌아올 수 있는 걸까

우리에겐 저마다 어떤 병이 있고

대신 문병 가는 이웃이 있고
대신 병 치르는 사람이 있고
대신 밥 차리는 여인이 있고
대신 뼈를 사 오는 가녀린 아이가 있다

나는 누구의 대신일까
그 누가 나 대신 황야를 걸어 노을 속으로 심부름 갔을까

누군가 대신 들고 온 양동이 속엔
핏물 머금은 뼈다귀들이 울음도 없이

어느 맑은 날

나 닮은 여인을 제주에서 보았다고 그는 전화를 했다
나처럼 어여쁜 여인이 또 있더냐고 너스레를 떨었다

상계동에서 옛날 맛이 나는
고추장수제비를 현아 언니와 둘이 먹는다

혀를 데면서도 끝없이 땀방울을 흘리면서도
여름은 사랑할 수밖에

비도 안 오는데 괜히 옛날 생각
새빨간 수제비 맵다고 울고 싶은 수제비

그래도 우리는 수제비를 포기할 수 없고
팔월에도 내년 여름에도 십 년 뒤에도 또 올 테지?

얼룩덜룩한 얼굴로 누군가 흘러내린 벽지처럼 웃는다
울다가 웃는 사람의 얼굴은 모두 닮아 있고

비린 풀밭들 은행사거리와 당고개와 덕능고개 넘어
가다 보면
별내가 나오고 집이 나온다

33번 대신 80번을 탔으면 좋았을걸
머리를 좀 더 굴렸으면 좋았을걸
시는, 안 썼으면 좋았을걸

모든 게 수제비 탓이다

게임

눈발이 흩날리다 쌓였어
거긴 어때
아는 길에서 미끄러질 뻔했고 체하는 음식을 먹었고
이상하게 잠은 잘 잤어
그럼에도 불구하고 지나가는 자동차들
격정도 없이 흔들리는 불빛들
초점이 있었을까 우리의 눈빛에도 언젠가는?

다 먹어 버린 초콜릿 포장지를 접었다 편다
손에 무언가 잡히면 안심이 된다

깨진 보도블럭
눈이 덮지 못하는 시름들이
의심하는 눈초리로 놓여 있다

깨질 기미조차 없던 것들
깨진 줄 모른 채 지니고 있던 것들
이태리산인 줄 철석같이 믿고 있다 기어이 발견해내

고야 마는
'Made in China' 티눈만 한 글씨처럼

희한하기도 하지 조각난 것은
퍼즐 맞추기 말고는 하나도 쓸모가 없다는 게

친절을 바란 것은 아닌데
믿었을 뿐인데 좋아했을 뿐인데

영원히 불가능한
게임 오버

담배 한 개비

이발도 빗질도 하지 않아 부석한 긴 곱슬머리를 만장처럼 휘날리는
사내의 유일한 소일은 솔*

해 지는 여름날 굴뚝에 연기
아니 땐 굴뚝에도 연기
풍진세상은 연기투성이

처음에 그것은 얼룩처럼 보였는데
지금은 피부처럼 보인다

담뱃값 없을 땐 떨어진 꽁초를 주워 피지 그마저 없을 땐
마른 풀과 한 줌 낙엽
비문으로 가득 찬 종잇장을 둥글게 말아 불붙이면
고단한 뼈마저 새로 입는 기분

사라진 이름들은 전부 공중에 사니까

안녕, 안녕

까슬한 갱지 같은 하늘 위로
한 모금 한 모금 휘파람 불듯

검은 가야산 자락 꽁무니가 슬그머니 가벼워지는 그 순간

우주는
재가 되어도 좋으리

* 1980년 출시된 담배

겨울 다음 가을

1.

결국에는 다 녹아 버릴 걸 알면서도 눈을 뭉친다
사랑해, 말해 버린다

2.

가을은
만나자마자 이별하는 당신 같다

2부

벼랑으로 소풍 간다

달빛

달빛은 줄곧 타인의 불행에 굶주려 있다
*그런 의미에서 우리 가족은 얼마나 그에게 공헌했는지 모른다**

숙제하라고
아니
속죄하라고
내어 준
저 빛
아니 빚

먹고사는 데 칠십 년을 탕진한 사내의 호주머니 속에
평생을 우느라 목청을 버린 고양이의 담벼락 아래
참 수북하기도

* 마루야마 겐지의 『파랑새의 밤』에 나오는 문장을 변용

휘파람을 불어요

"네 속눈썹인 줄 알았는데 눈송이네"
그의 입술이 현絃처럼 떨리어 눈이 내렸다

뼈 없는 것들을 사랑한다

어금니를 물지 않고 낙하하는 눈송이
날개 없이 호기로운 빗방울
혀 위에서 천천히 녹아 가는 각설탕
여름 뒤편으로 사라지는 민트 향 아이스크림
헛된 약속 따윈 하지 않는 너의 지문을

어디로든 갈 수 있고
누구의 이름이든 될 수 있어

구멍이 숭 뚫린 터틀넥스웨터를 사랑해
바람이 슬픔을 통과해 줄 테니까
나는 털실에 얼굴을 파묻는다
홍조를 띠고 사라져 가는 구름의 안부를 굳이 묻지

않는다

뼈가 없으면 뼛가루도 남지 않겠지
뼈마디 쑤신다는 말 따위는 모르고 살 테지

기댈 데 없이 흩날리는 꽃잎을 먼지를 사랑하여서
당신은 그 많은 눈망울을 내게로 보냈구나,

휘파람을 분다 껄렁껄렁 풍선껌을 터뜨린다
모든 근본 없는 것들 우르르 벼랑으로 소풍 간다

미안

어떤 옷은 한 번 입었을 뿐인데도 쉬이 보풀이 일지
평생 보며 살자 했는데 단 일주일 만에 헤어진 사내의 얼굴이
겨울 바지에 생겨난 보풀 같다
차창에 붙여 둔 껌 같다
하필이면 감기일 때 찾아와 약봉지를 주고 갔지
그래서 안 잊혔는지

주근깨 많은 초로의 여자가 어깨를 들썩인다
버스가 흔들린다
우는 건가 웃는 건가
모르는 여자가 신경 쓰이는 건 나이 탓이라 해도

여자는 잠꼬대처럼 중얼거린다
"영훈아, 엄마가, 그저께, 때린 거 미안해"
"엄마는, 우리 아들, 진짜 사랑해"
버스에서 핸드폰으로 전하는 뜬금없는 고백

영훈아 미안해
그 소리가 내 귀엔 왜
영혼아 미안해, 로 들리는가

영혼아 미안해
영혼아 미안해

사랑했던 날도
헤어졌던 날도
흠씬 비를 맞았던 날도
내 뺨이 아니라 당신의 뺨을 때렸던 그날도 사실
나는

나에게
가장 미안했다

나미의 노래처럼 빙글빙글

저 여인은 사십 년째 얼음을 입에 물고 있답니다
숨 쉬기 힘든 날에는 그것을 힘껏 집어 던지기도 합니다
목표물이 딱히 있지는 않습니다만

오래오래 녹보수를 키우니 나무에도 손톱이 있고 눈망울이 있다는 걸 압니다
오늘은 새가 지저귐을 두고 갑니다
새벽엔 개똥지빠귀가 귀를 훔쳐 갔으면 좋겠습니다

복희 아빠는 농약을 마시고 옛날에 죽었습니다
식물처럼 누워 있다 스물아홉에 떠난 외사촌 오빠 이름은 성호입니다

그런 일들이 생각납니다
세수하다가 걸레질을 하다가
그들을 연민하지 않았습니다만

생각에 폐업이 없는 것처럼
시 쓰기에는 폐업이 없습니다

행복이 어떤 얼굴을 하고 있을지는 이미 수많은 사람들이 연구 중이잖아요
불행은 어떤 얼굴을 하고 있을까요

구루구루* 빙글빙글일까요
쉿, 하는 눈짓도 없는 순간일까요
그런 것들이 아직도 궁금합니다

있잖아요, 눈에 밟힌다는 말이요

그 말을 최초로 만들어낸 이는
시인일까요 신일까요

* ぐるぐる. 우리말로 '빙글빙글'. 영화 〈도쿄타워〉의 주인공 마사야가 습관처럼 내뱉는 대사.

세상에 공짜가 어딨나요

아부지
이제 아무 전화나 받고
공짜로 뭘 준다고 해도 듣지 마세요
예, 아부지?
이거 이 년 약정이니까 해지 못 해요
이 년 동안은 무조건 이거 쓰셔야 해요
안 그러면 또 위약금 물어야 돼요

— 그랴 내가 그날 뭐에 씌어서
그런데 내가 이 년은 살 수 있을랑가 모르것다

그 대목에 왜 웃음이 났을까
죽고 싶지만 떡볶이는 먹고 싶어, 책 제목처럼
죽고 싶지만 새 핸드폰은 갖고 싶은
마음
그 마음 때문에

실실 웃음이 난다

농담과 진담을 구별할 수 없는 날들

어제 놓친 버스를 오늘 또 놓친다

고드름 놀이

이십 년 만의 한파
한강이 얼어붙은 날

몸을 던져 얼음의 두께를 확인하고 싶다

뾰족하고 고독한
셀 수 없는 고드름이
지붕 밑에서 날마다 태어난다
신과 하는 고드름 놀이
추울수록 자라나는 고드름 놀이

봄이 와도 사라지지 않는 한기

버튼을 누르면 됩니까?
저기 저 사람을 안으면 됩니까?

아무리 소리쳐도 목소리가 나오지 않습니다
얼음땡 주문을 누가 좀 외쳐 주세요

길바닥엔 교회도 절도 넘쳐나는데
기도발이 안 듣는지 해괴한 종유석들 점점 자라나요

돌아보면 거기
더듬어 보면 거기
손잡으면 거기
눈 감았다 뜨면 거기

세상에나 이토록 투명한
얼음 송곳

흑염소를 먹는 시간

동창들 얼굴이 기억나지 않는다
이젠 거울로 보는 얼굴도 누군지 헷갈릴 나이

밤이 서글픈 당신과 나
어제는 물고기를 오늘은 흑염소를 달여 먹는다
흑염소의 엉덩이 개구리의 뒷다리
살 오른 생선의 눈알을 회색 비둘기의 생똥을
갓 태어난 알을 깨트려 야무지게도 씹어 먹는다

(이렇게 먹고도 폭약처럼 터지지 않는다는 게 이상하지)

삼킨다 뱉는다 리듬에 맞춰 되새김질할 수도 있다
쓸쓸함에는 가난한 나라의 빗방울
고독에는 날짐승의 피를
우울에는 에티오피아산 커피를 함께 복용한다

이쑤시개가 입술을 지휘하는 순간

거울에 비친 우리는 제법 근사해 보이기까지

어금니로 씹는 육질은 건강에 대한 믿음을 저버리지
않고
초식 동물처럼 선한 눈빛으로
잡아먹히기 전에 먹어 치우며

자기애를 완성해 간다

실비아 샐비어 사루비아

열두 살 잘하고 싶은 것들의 목록
철봉 매달리기 백 미터 달리기 리코더 불기

알 수 없어
새는 어쩜 그리 재빠르게 날아가는지

나를 빼고
나만 빼고
사람들은 노래를 부른다
야호를 외친다 하찮은 소금쟁이와도 친구가 된다
느티나무 그늘에서 보물찾기를 하고
참기름 향이 근사한 김밥을 나누어 먹는다

참기름 냄새를 맡으면 외로워진다
학교 화단에 핀 사루비아를 보면 목이 멘다
붉어지는 일에도 끝은 있을까

누가 침을 뱉지 않았는데

돌을 던지지 않았는데

피워 올리는 일보다
시들어 가는 일의 피로함을 알려 준
열두 살 열두 시 운동장

고요하게도 오븐이 돌아간다
타이머는 알 수 없고 태양이 불타오른다

피다 지친 사루비아
타들어 간다

새까만 씨앗을 낳고 또 낳고

울음의 입하

별내에는 아직 개구리가 많다 쓸모없는 것들이 많다
큰 언덕이 저 혼자 엉덩이 들썩일 정도로

아픈 일도 없이 개구리 우는 오월의 밤
평생 울음이 숙명인 짐승이 있듯
그런 사람도 세상 어딘가에 있겠지

꺼억-꺽 천지 울음 대신 토해내듯 울어대는 개구리
들이
보이지 않는 끈으로 여름을 끌어당기고 있다
우주의 그늘을 야간열차의 기적을
끌어당기고 있는 것

내 울음이 누군가에게 가닿기를 한때는 바랐나
오늘 남은 울음이 있다면 그건 오로지 나를 위한 일
인분
누구에게 가닿기를 바라는 설움이 아니라
내 마음의 여진이 남아서 우는 것

곡哭이 없다면

헤어질 때 울음조차 없는 사람은 얼마나 외로운지
개구리들이 낫다
말 못하는 저 물뭍짐승이

하나 쓸모없고
가엾고 가여워서 아름다운,
언제 한 번이라도 그렇게 울어 보았는지
가슴에 손을 대고 물어보라고

별내 잡화상의 개구리들
개구리들이 온다

울음을 먹는 생

오이지는 물에 만 밥과
불에 슬슬 그슬른 김은 누룽지와 먹어요

발바닥 각질 같은 진눈 내리다 쌓이고
마음껏 길을 더럽히는 밤

연탄 부수어 길 터 주던 사람들 다 사라지고

김상희 장옥자 김재용 이봉순
위패 같은 문패가 달린
옛집들을 어슬렁거립니다

세상을 전복할 음모 대신 탈모가 어울리는 시간
미세먼지 가득한 공중에서 오늘도
별을 찾다 돌아가요

엄만 날 왜 낳았어요
왜 더 사랑하지 않았어요

그 밤 당신은 왜 날 찾아왔었나요
왜 왜 왜 왜 왜
기도는 줄고 비밀이 부풀어

물에 만 밥을 먹던 엄마처럼
제 손으로 제 등을 쳐 가면서
혼자 놓인 한 칸 방은 간장 종지만 하고

물과 눈물을 구분할 수 없다는 것은
땀과 눈물이 닮아 있다는 것은

다행입니까

기척들

그리운 사람을 떠올리는데 얼굴이 떠오르지 않는다
눈이 짝짝이였는지 눈동자가 갈색이었는지 검정이었는지

우리는 다정하게 찍은 사진이 한 장 없고

어느 날 화들짝 당신이 떠올라
혹시 곁에 있는가 미심쩍고

가령 빨래 삶는 냄새 같은 것
흰빛이 더욱 희어질 때 우러나는 경이 같은 것
어제 내린 폭설을 딛고 어룽어룽 피어오르는 봄 냄새 같은
간지럽고 두근거리고 아름답고 슬픈
갖은 기척들

물방울이 남긴 얼룩이 당신 얼굴이었다가 사라진다
눈앞에 하얀 찻잔이 당신 몸처럼

식어 간다

우리는 다정하게 찍은 사진이 하나 없다
이승 같은 이승에서 한 번도 우린 만난 적이 없다

그런데 어느 날 당신이 떠올라
혹시 곁에 있는가, 나는 궁금하다
근심을 모르고 근면을 모르고 사뿐
날아오르는 노랑나비를 보다가
소매 끝에 대롱 달린 단추를 보다가
그것의 목을 다시 달아야지 생각다가
목이 메는 기분으로 하루가 다 갔다

살아 있다는 것은 결국 당신의 끝없는 꿈을 대신 꾸는 일이었다

인간이어서 죄송한 사람들이
인간다움을 연구하는 사람들이
안간힘을 쓰며 봄을 살아낸다

빨래 삶(기)

삼복더위에도 빨래를 삶는다
수건을 삶고 걸레를 삶고 행주를 삶고
어제를 곰팡이를 얼룩을
삶는다

뼈를 삶고 살을 삶고
근심을 삶고 고통을 삶는다

어떤 주걱으로도
휘젓기 버거운
아주 커다란 솥이
세계라는 학교 같다

우리 집 같다

사랑은 지옥에서 온 개*

헤어지던 여름
난자한 장미 꽃잎을 밟으며
대명시장 구정물을 덮어쓰며
숨을 데도 없던 밤

미친 개한테 물린 셈 치라던 남자의 말이
이빨 자국처럼 남았다

* 찰스 부코스키

3부

사라짐 뒤에 오는 것

사람을 찾습니다

사월이라 영산홍이 형광색 꽃을 피워냈다
달리는 자동차와 강아지와 사람들 틈에
비현실적인 꽃들

얼마나 추운 마음이 떨구고 갔을까
합정동 스타벅스 앞 화단에 덩그러니 놓인
흰색 벙어리장갑 한 짝,
곁을 잃은 것은
털장갑마저 창백하다

봄에 부치다

여덟 개 천 원 하는 귤을 열 개 천 원에 살 때
기대하지 않던 나무에 꽃이 필 때

울다가도 웃습니다
잘 울고 잘 웃는 내가 이렇게나 많아서
여전히 시 비슷한 무언가를 씁니다

짝이 맞지 않는 눈동자를
혀 깨물기 십상인 덧니를 수집합니다

돌보지 않아도 웃자라
쌉싸래하고 외로운 것들이 들판에 이렇게도 수북이

동네 볕 좋은 곳에 벚꽃이 펴요
아무 날도 아닌 오늘을 기념해요 우리
어차피 질 꽃을 기념하고 하품을 기념해요
장을 봐 쑥전을 부쳐요
싸한 쑥향은 봄그늘 냄새

날리는 밀향은 봄볕 냄새

고백이 필요한 사람들은
무언가를 부지런히 부칩니다

한 술 두 술 들기름을 두르고
기도하는 자세로 이삭을 줍는 자세로
쑥전을 부칩니다
먹어도 먹어도 허기진 봄을 갖다 바칩니다

체리 향기*

새소리가 들린다 귀를
놓아두고 왔는데

시큼한 향이 등성이를 물들인다 다 따 먹지도 못할 수천 개 열매
환호를 지르며 노크한다

발랄해라 파도 같아
벽을 간질이는 키스야

유골함을 들고 온 소년 하나 그늘 아래 앉아 있다
죽어서도 묻지 못하는 체념과 먼지와 안개와
한 줌의 보리 씨앗 들

너희도 이리 오렴
여기 와 앉으련

삶은 짧고

죽음은 더욱 짧을 거란다 얘야

만가에도 아랑곳 않는 바람만이 계속되고 있지

누가 낸 수수께끼인지

시디신 붉은 알
유월 치마폭에 가득하다

* 압바스 키아로스타미의 영화

우리에게는 쓸쓸할 시간이 필요하다

악수는 예의를 갖추었을 때나 할 수 있는 것

어떤 코끼리는 시체 옆에 있다가
따라 죽기도 해요

꺾인 꽃대
썩은 식물의 심장

세상 모든 집들에 귀신이 앉아 있어
두드릴 문이 없어요

어딘가엔 그늘만 따라다니는 해바라기가 있고
신은 매번 약속에 지각했습니다

긴날개여치의 울음소리는 아주 작아
아무도 듣지 못합니다
어떤 귀는 울음에 기대 입추와 처서를 헤아립니다만

날개와 머리 가슴과 배와 다리가
하나씩 짓이겨지는 기분으로,

나의 핏속에는 비가 흐릅니다
당신의 핏속에는 무엇이 흐르는지 상상하다 이번 생을 다 써 버렸습니다

축하합니다,
새로운 눈물이
몸에 알을 슬고 태어납니다
사랑이라는 누대의 누더기 위에서 무구하게도 자라납니다

스승의 은혜

영원이라는 말을
순간이라는 시간을
가르쳐 준 장본인은 사랑이 아니라
이별

터지려고 태어난 풍선처럼
터지는 순간 가장 명징해지는 오색 풍선처럼

물

아끼던 물병을 어디 두고 왔는지 기억이 없네

유용하다고 말했지
아낀다고 했었지

아끼는 사람을 어디 두고 왔는데
알 수 없네
어느 틈에
어느 옛날에

목이 마를 때,
그제야
너를 잃었다는 그 생각

타투

호기심에 손가락을 찔러 본다
밥을 같이 먹고 후미진 여관에서 밤을 함께 외우고
매일 나는 다시 태어나
뜯어 먹기 좋은 손톱 발톱을
곱슬기 많은 머리칼을 채집하지

비로드색 눈동자를 굴리며 상냥한 눈빛을 흘리며
가시 울타리로 가자
종일 비가 새는 우주에서
떨어지는 빗방울을 헤아리며 파문을 이야기하자
곰팡이처럼 오묘한 우리의 파멸을 완성하자

사랑은 애초에 시작되지도 않았을 거야,
호기심이 아니었다면

나는 너의 등에 그려진 새카만 낙서
달아날 테면 달아나 봐

장마기 꽃대처럼 담벼락이 무너지고
긴 손톱의 손들 허공 높이 탬버린을 흔들어
몽상은
끝나지 않는다

12월 31일

상한 플라타너스를 밟으며
조문 간다

오늘 장례식장에선
육개장이 나올까
소고기뭇국이 나올까

그런 놓이나 하며
장례가 일상이 되는 날들

걸어도
인적 없는 길

영영 사라지지 않는 허기 같은
눈발
지붕 위로 떨어진다

죽은 돼지로 만든 머리 고기가 상에 놓이고

물끄러미 바라본 편육의 무늬는
슬프다기보다
참 한결같은 강물이라는 생각

작은, 것들

정작 날 울린 이는
손수건 한 장 내민 적이 없었는데

단 한 번 혜화역 술자리에서 언니 언니 하다
택시 같이 탄 그이가 손에 쥐여 주고 간
파란색 손수건이 십 년째 땀 눈물을 닦아 주고 있다니

먼지처럼 작은 것이
솜털처럼 가벼운 것이

참
이상하지

그 천쪼가리 하나가 뭐라고,

손수건을 받으면
참았던 토사물 눈물 다 터져 나오고
서러움 분한 마음 봇물처럼 나오고

가방 속에 든 것만으로도 안심이 되고

그 쪼가리 하나가 대체 뭐라서

영원한 나라에서

어느 인디언 부족은 살아 있는 모든 생명을 그대라
부른다
숨 붙어 있는 기린과 코끼리 지렁이와 거미
찔레나무 발에 차이는 돌멩이

그대라고 호명하면
없는 그대가 멀찍이 사라진 그대가
곁인 것 같다 살아 있는 것 같다

기척처럼 기침처럼
받아 적은 말들이 이렇게 나로 남아 있다

붉어진 두 눈이 세상에 그득해서

산수유가 익는다
끝끝내 오디가 떨어진다

숨바꼭질

술 취한 다음 날 아침이면
헤어드라이어가
찬장 구석에서 나오고
옷장에서 불쑥 나온다

머리를 말리고 싶은 게 아니었나?
얼마나 어두컴컴한 속을 말리려고?

모르는 어느 날엔
신발장에서도 나오고
냉장고에서도 튀어나오겠지

구부러진 적이 더 많은 심장
아직, 식지 않은 내 심장

웅웅
밤 열두 시마다
우는 소리

해피트리

페루에서 온 커피에선 가여운 새들의 날갯죽지 맛이
나는지
로맹 가리의 후생을 생각하는 아침

인도 여행자에게서 건네받은 향을 피운다
삶은 참 거대한 연기라서
눈앞에선 보이지 않아

다행일까 불행일까

아무 포옹
아무 윙크
아무 키스
아무 사람에라도 매달릴 수 있는 날들은
차라리 숨 쉴 만할 텐데

어떤 절박도 없다는 거
아무 간절도 없다는 거

그건 나무 밑동에 핀 곰팡이처럼
새카만 거짓말

이미 죽어 버렸는지 모르는 해피트리에
물을 준다
썩어 똥 냄새를 피워도
완전히 말라 고꾸라져도 내다 버릴 수 없는 화분 하나가
거실 한가운데에 있다

볼라벤

그해 여름 태풍 볼라벤이 오고
뉴스에서도 경비실에서도
창문에 신문지를 붙이라는 호령이 떨어졌다

라면 값이 폭등하고 우리들의 연애는 폭주했다
빗방울이 닿으면 모든 생명체의 우울 지수가 상승하므로

비바람에 유리창을 깨뜨리지 않으려면 신문지를 꼼꼼하게 붙이란 말씀
누런 테이프 자국은 잘 지워지지도 않는데,
창문이 깨지지 않는다는 사실보다 그런 게 더 기분 나쁜 일

태풍이 지나가고 나자 집집마다 흔적이 남았다
어떤 집은 엑스 자로 어떤 집은 직사각형으로
그걸 상징으로 읽는 사람이 나 하나뿐일까

이를테면 태풍의 발자국

비에 영혼이 깃들 리 없겠지만
사라짐 뒤에 온 그것을 무어라 불러야 할까

행복한 사람은 시를 쓰지 않는다*

종일 놀다 돌아와 퍼렇게 언 손으로 시를 쓰기 시작했습니다 뒤뜰 겨울나무 그늘이 그새 자라 좍좍 탄력 있는 껌 씹는 소리를 내요 몸 없는 정령들 버젓이 어깻죽지에 붙어 있고 북방의 자작나무가 귀를 파먹으며 물기 거두어 간 바람 소리를 튕겨냅니다 시를 쓰려는 시간은 흙 속에 파묻힌 묵음들도 날카로운 비명으로 지납니다 시를 그만둬야 할까요 고수레 고수레 굿을 올려야 할까요

(어쩌면 고흐는 그림을 그린 게 아니라 시를 썼는지 몰라요 시를 쓰느라 그렇게 귀가 가려웠던 것 동네북 같은 세상에 진저리가 난 거지요)

귀를 막을지 눈을 감을지 더 높은 소리를 질러야 할지

알 수 없는데 쓰지 않고도 잠들 수 없는—

발굴할 수 없는 슬픔들을
별수 없이 또 궁리합니다

회칠 벗겨진 하늘이 우툴두툴 비를 데려오는 소리
가려진 골목 돌림노래처럼 끝없이
죽은 이름을 호명하는 갈까마귀

팟! 암전

쉬, 지금이에요
나를 입은 사시나무가 홀린 듯 타자기를 두드려요

* 은희경의 소설 제목(『행복한 사람은 시계를 보지 않는다』)을 차용

이것은 선물인가요

덕곡국민학교 삼학년엔 장구 치는 여인이 그려진 아리랑 성냥이 집에 왔는데
며칠 전 아파트 집들이 선물로 민트색 소화기가 왔다
80년대엔 불을 일으키라더니 이제는 불을 잘 끄라 한다

성냥을 긋는 밤들은
성냥개비로 쌓은 수많은 탑들은 누가 다 거두어 가고

상냥한 사람이 되기 위해
미움받지 않는 아이가 되기 위해 전전긍긍하다가
이십 년 삼십 년

친절한 시민 성실한 회사원
따뜻한 사람이 된다는 게 이토록 아득한 일이었다

불 한번 제대로 일으키지 못하고
가슴에 인 불 끄지도 못하고

추위에 내몰려 종종걸음 치는 퇴근길

어묵을 먹는다
어둠을 베어 물듯,

성하지 않은 입 속으로도
식은 채로도 괜찮은 저녁

꼬챙이가 목에 걸리지는 않는다
국물 간을 맞추는 주근깨 아줌마는 오래전에도 만난 것 같고
카바이트 불빛 누리끼리하다

아직 갚지 않아도 될 만큼의 빚을 안고

금남시장 두꺼비집

두껍아 두껍아 헌 집 줄게 새집 다오

두꺼비는 저녁내 태풍 링링의 눈물을 받아먹고
식탁 위 트럼프 카드처럼 펼쳐진 살코기를 헤적인다

교회 종소리 끝없는 경적

두꺼비집은 계속 두꺼비처럼 끔벅이고
거북목을 한 얼굴들이 저처럼 누런 살점을 소금에 찍어 삼킨다

질긴 육질의 고기
나처럼 질긴 너처럼 지루한
오늘 밤
술로 해독되지 않는 것이라면 저 빗소리뿐

등쳐 먹은 연애마저 꾸욱 목구멍으로 넘기면
피가 되고 살이 됩니까?

괴물 같은 생도 리폼이 가능합니까?

헌 집 줄게 새집 다오—
두꺼비집 간판 맥락 없는 비의 장단에 어깨를 들썩이고

당신이나 나나

우는 건지 비웃는 건지
배고픈 건지 뼈아픈 건지

끼르띠무카 끼르띠무카*

* Kirtimukha, '영광의 얼굴'이라는 뜻의 인도어. 가장 높은 신이 자기한테 대적하는 건방진 잡신들을 벌주기 위해 만들어낸 괴물로, 눈에 띄는 것은 무엇이든 먹어 치워 버리는 굶주림의 화신(오수연 소설 『부엌』).

봄인데도 춥고 아이가 태어나고

여행 떠난 아이들이 사라졌다

인간의 봄이 너덜너덜한 몸으로
의자를 끌고 와 식탁 곁에 앉고*

혼자 먹는 밥 매일 하는 출근
장염에 걸려 복통을 앓았고
수영을 할 때마다 떠오르는 얼굴이 있었고
열심히 읽었다 시를, 시 속에 파묻힐 때는 명랑해졌다

목련이 꺾이듯 살아 있는 많은 것들이 순간 가지에서 뚝,
낙하—
앞엔 바다도 없는데 절벽도 아닌데
비둘기와 매연과 매음굴뿐인데

비가 계속 내리고 봄인데도 춥고 이웃 아이가 태어나고

곡을 하는 바람 바람을 따라가는 장례 행렬
늦은 죽음은 어디에도 없었다

누가 죽어서만 운 것은 아니다 사람들은
하루아침에 떼인 곗돈 때문이 아니고 시험에 미끄러져서가 아니고
멀쩡한 얼굴로 아무나 우레같이 울었다

새끼 잃은 어미 낙타는 자식이 묻힌 땅을 지날 때마다
북소리처럼 큰 울음을 운다
그해 봄 우리는 그러면 누구나 다 엄마 낙타였던 거지
털이 많은 귀를 바닥에 대고 어떤 화답을 기다리고 있었던 거지

안테나처럼 기다란 눈꺼풀을 파르르 떨며
알을 품은 새가 그러는 것처럼 귀뚜라미처럼

뒤돌아보면 아무것도 없는데
반딧불이 비슷한 점 하나 보이지 않는데

* 오규원,「4월이여 식탁이여」

드라이플라워

손을 뻗어 만지면 모래 알갱이 같은 시간이 쏟아질까 봐
너무 아름다운 것은 허명 같아서

저토록 단호한 침묵은 절규와 통하는 언어일 것이다

꼿꼿하게 물구나무 서 있다
새삼스레 피가 거꾸로 솟을 일도 없겠다

내다 버리지 못하고 떠나지 못하고
겨우내 방에 갇혀 시체와 함께 살았다

해설

당신을 위한 레시피
—연구와 안간힘, 그리고 기록

정재훈(문학평론가)

> 시 한 편을 짓는 일은 의자 하나를 만드는 일과 비슷하다. 시 역시 의자처럼 실제적이고, 가끔은 의자보다 더 유용하다. (…) 만드는 이가 된다는 것은, 다른 이를 위한 세상을 만드는 일, 그저 물질적 세상뿐 아니라 그 물질적 세상을 지배하는 이념의 세계, 우리가 희망하고 그 안에서 살아가는 꿈까지 만드는 것이다. –리베카 솔닛, 『멀고도 가까운–읽기, 쓰기, 고독, 연대에 관하여』 중에서

시집을 여는 첫 시가 '시의 맛'이라니, 그 맛이 어떨지 궁금했다. 어느 시인도 그것을 딱히 무어라 말한 적이 없었는데, 설령 말했다 한들 너무나 각양각색이었을 것이 분명한데, 김안녕은 장독에서 묵은 김치를 꺼내는 일이 뭐가 대수냐는 듯 익숙하게 밥상을 차렸다. 시인이 그득하게 차린 밥상들[1]을 받아 본 독자라면, 이번 시집에서도 특유의 '손맛'을 느끼게 될 것이다. 누군가의 글씨를 흉내 내거나, 또는 말없이 누군가와 포옹할 때의 그 온기를 다시금 떠올리면서 말이다. 시를 쓰는 손, 누군가를 배웅하는 손이 이번 시집에서

는 묵은 김치를 찢고, 포도알을 집는다. "봉숭아 물들인 손톱"(「시의 맛」)에도 시인은 한 조각의 달과, 싱싱한 하늘이라는 맛깔스러운 밑반찬을 차렸고, 갈증을 씻어 줄 물 한 모금까지 대접했으니 우리에게 이만한 밥상이 또 어디 있을까도 싶다.

누구든지 찾아오면 무엇이든 손수 만들어 주고 싶은 마음은 어디서든 당당했고, 뜨거웠으리라. 시인이 차려 준 "우주 밥상"(「시의 맛」)을 앞에 두고, 언젠가 시인이 우리에게 거역하라고 했던 "무료한 식탁"(「취한 시간을 위한 말들」, 『불량 젤리』)의 분위기가 떠올랐다. 격식만 차려야 했던 탓에 눈앞에 놓인 음식도 마음 놓고 먹지 못했을 그 '불편한 식탁'에서 시인은 "붉은 혀"를 드러내고 떠들었다. 평범했지만 적어도 음식 앞에서는 "예의 바른 저녁"(「수제비를 끓이는 저녁」, 『불량 젤리』)의 밥상과 너무나 달랐기 때문이었다. 근엄한 표정을 한 주인에게 '당신은 누군가에게 뜨겁기라도 했느냐'면서 따졌을 것이다. 이렇듯 뜬금없는 상상에 피식 웃음이 나다가도, 누군가를 위해 차

---

1 김안녕 시인의 첫 시집으로 『불량 젤리』(삶창, 2013), 그리고 두 번째 시집으로 『우리는 매일 헤어지는 중입니다』(실천문학사, 2018)가 있다.

려진 밥상이 시인에게 어떤 의미였는지를 생각하면 다시금 고개가 숙여진다.

'힘들게 농사를 지은 분들을 생각하면서 밥알 한 톨 남기지 않고, 감사한 마음으로 먹어라.' 소위 밥상머리 교육으로 들었던 말이다. 시인도 그랬을 것이다. "이웃집 밥 냄새"에 눈물짓던 적도 있었고, "미역국" 한 그릇을 앞에 두고 엄마를 떠올렸다면(「미역」,『우리는 매일 헤어지는 중입니다』) 충분히 그랬을 것이다. 무엇이든 혼자가 아니라 함께 나누어 먹고 싶었을 것이다. 언젠가 친한 언니와 함께 "고추장수제비"(「어느 맑은 날」)를 먹을 때, 퇴근길에 "순대"(「망원」)를 포장해 갔을 때에도, 또 가끔은 찬이 없어 대충 "물에 만 밥"(「울음을 먹는 생」)을 삼킬 때조차 누군가를 떠올렸을 것이다. 어느 늦은 밤에는 옥수수 알갱이를 프라이팬에 굽다가 "거대한 옥수수 농장의 일꾼"(「옥수수버터구이」,『우리는 매일 헤어지는 중입니다』)을 떠올린 적도 있었다.

> 불을 끄고 누우면 낮에 들리지 않던 소리들이 들린다
> 안 보이던 별의 뒷면이 보인다
> 배꼽 냄새 같은 게 몸을 부풀려 공기 속을 떠다니고
> 누가 같이 사는 걸까, 계속 누워 있으면 나는 정말

얼굴 모르는 누구와 같이 사는 것만 같고

강화 춘천 다르질링
발을 간지럽게 하던 먼먼 지명들을 불러 본다
양 한 마리 양 두 마리 양 백 마리
그래도 꿈은 순해지지 않아

세꼬시에 남은 가시처럼
혀 위에 남은 단어들이

압정처럼 별의 촉수처럼

깜빡— 깜빡— 깜빡—

—「누가 같이 살고 있다」 부분

누군가의 보이지 않는 수고로움을 느끼고, 언젠가 따뜻한 밥상을 받았던 적이 있다면 시간이 지나도 쉬이 잊지 못했으리라. 계속 누워 있어도 자꾸 함께 있는 것 같은 기분은 단순한 착각이 아니라, 그만큼 고독하다는 의미였을 것이다. 그 누군가에게 과연 얼마만큼 마음의 빚을 지었는지 저울질을 하다 보면, 어느새 지금의 차디찬 밤이 그때의 추억과 함께 뒤섞인다.

'일상'과 '시 쓰기'의 경계는 매 순간마다 중첩되는 지점이다. 한낮의 '일상'일 때는 들리지 않았던 소리들이 밤이 되면 시인을 찾아와 비로소 '시 쓰기'의 순간이 열리게 되고, 낯선 시어들은 입안에 남은 가시처럼 맴돌다가 서서히 발화한다. 이렇듯 들리지 않던 소리를 듣고, 보이지 않던 별의 뒷면을 볼 줄 아는 예민함, 그리고 입안에 압정처럼 박힌 가시 같은 말들조차도 소중한 시어詩語로 받아들이려는 저 둔감함 역시 '시인'만의 습벽이었다.

저 별의 촉수로부터 나왔을 간헐적인 희망은 시인이 짊어진 마음의 '빚/빛'으로도 읽힌다. 누구든 혼자 살 수 없고, 음식을 먹을 때에도 함께 그것을 나눌 누군가를 떠올리면서, 소소한 추억들로 일상의 무게를 잠시나마 잊었을 것이다. 시인은 지금까지 그렇게 '시'에 기댔고, '사람'을 떠올렸다. 그 믿음은 무엇이든 '가까스로' 상상해 보려는 시인의 태도로써 증명되었다. 누군가에게 내민 손처럼 그렇게 상상의 촉수를 뻗어 "나는 누구의 대신일까"(「뼈 심부름」)라며 보이지 않는 당신을 떠올린다. 그 상상을 조금도 주저하지 않고 밀고 나가 "당신의 핏속에는 무엇이 흐르는지"(「우리에게는 쓸쓸한 시간이 필요하다」) 파고든다면, 보이지 않던 당신이 마침내 "이웃"이자 "사람"(「뼈 심부름」)의

형상으로 서 있는 것을 발견하게 된다.

당신이 서 있던 곳은 분명 어느 전원의 풍경이었을 것이다. 이러한 풍경은 김안녕의 시적 세계에서 자주 보인다. 첫 시집에서는 도심 속에 있었어도 성내천 길 위에서 주변의 자연물들과 "맨몸"(「빗속에서」)으로 마주하던 때가 있었고, 두 번째 시집에서 나온 '남양주 별내동'(「15분마다 한 대 오는 80번」)은 이번 세 번째 시집에서도 나오는데, 시인은 이곳에 아직도 개구리가 많다며 그 울음소리에 귀를 기울이다가도, 상상의 촉수를 뻗어 "우주의 그늘"(「울음의 입하」)을 끌어오기도 한다. 밥때가 되면 으레 쌀을 씻어 안치는 그곳의 평범한 일상에는 '생'이 있었다. 그러나 우리는 그것을 자꾸만 잊어버렸다. 그렇기에 시인은 그 '생'을 이어 나가고 있었을 누군가의 방식을 우리에게 보여 주고자 한다.

피카르트는 '농부의 움직임'에 대해 이렇게 말한 적이 있었다. 농부의 "움직임은 아주 느려서, 마치 느리게 도는 별들이 그와 함께 움직이는 듯하고, 농부의 궤도와 별의 궤도가 서로 겹치는 것 같다." 그리고 농부가 대지에 뿌린 씨앗들은 "하늘의 은하수에 가득한 별들과 같고, 그 씨앗들도 은하수의 별들처럼 어렴풋하게 빛을 발한다."[2]

오늘날의 말들은 이전의 그 고유한 힘을 잃었고, 이로 인해 인간의 삶 역시 황폐해졌다고 비판한 피카르트의 입장이라면, 이 농부의 움직임은 지금의 인간들이 잊고 있던 '생'의 가치를 상기시키는 것이라 하겠다. 그것은 우리가 먹는 음식에도 깃들어 있으며, 덕분에 우리는 육신을 살찌울 수 있게 되는 것이다. 그런데 농부만이 아니다. 우리가 잊고 있던 '생'의 가치는 "어느 인디언 부족"(「영원한 나라에서」)의 모습에서도 확인된다.

어느 인디언 부족은 살아 있는 모든 생명을 그대라 부른다
숨 붙어 있는 기린과 코끼리 지렁이와 거미
찔레나무 발에 차이는 돌멩이

그대라고 호명하면
없는 그대가 멀찍이 사라진 그대가
곁인 것 같다 살아 있는 것 같다

기척처럼 기침처럼

---

2 막스 피카르트, 최승자 역, 『침묵의 세계』, 까치, 2020, 142~143쪽.

받아 적은 말들이 이렇게 나로 남아 있다

붉어진 두 눈이 세상에 그득해서

산수유가 익는다
끝끝내 오디가 떨어진다

—「영원한 나라에서」 전문

'영원한 나라'라니, 무엇도 영원한 것은 없다고 믿는 (아니, '다이아몬드'는 영원하다고 하겠지만) 이곳에서 저 이름 없고 미개한 사람들의 모습은 과연 무엇을 의미하는가. 시를 읽어 보면 인디언 부족 사람들이 지금의 우리와 너무나 다르다는 점을 금방 알게 될 것이다. 지금은 하찮은 것들로 치부될 법한 무언가가 그들에게는 모두 "그대"였으니 이 얼마나 '풍족한 나라'인가. 모든 생명들이 '이웃'이 되고, 그 '생'의 가치가 존중받는다는 것이 지금의 우리와는 너무나 멀게만 느껴진다. 인디언 부족의 세계관은 우리가 잊고 있던 '생'의 가치를 상기시킨다. 그들의 얼굴은, 씨앗을 뿌리고 대지의 부름(곡식과 열매)을 기다리는 농부의 그것과 같을 것이다. 시인은 그들의 여유롭고 평온한 표정을 우리가 상상하게 함으로써 지금의 이곳이 얼마나 황

량해졌고, 참혹한지를 돌아보게 만든다.

또, 위 시에서 가장 눈에 띄는 것은 "붉어진 두 눈"이다. '충혈된 눈'은 마음의 동요나 북받친 감정 등으로 읽힌다. 낮에 들리지 않았던 소리들을 밤새 듣다가 지금은 보이지 않는 당신의 부재를 느끼며 눈물짓다가 생겨난 것일까. 상실감으로 인해 누적되어 온 마음의 상처가 얼마나 깊었는지를 짐작하게 한다. 시인의 이러한 동요나 북받침이 인디언 부족의 '그대'라는 말 한마디에서 비롯되었다면, 그 말이 지닌 힘은 지금도 여전히 남아 있다고 봐야 할 것 같다. 그렇게 시인은 '곁'에 누군가의 흔적("기척")을 가까스로 붙잡으려는 듯이, 아니면 말로 정돈되지 못하고 경련처럼 갑작스레 터져 나왔을 기침 소리를 몸으로 새기듯 그 오래된 말을 끝까지 기억하고 싶었을지도 모른다. 그 말을 함으로써 정말 당신이 내 곁에 있는 것 같고, 아직 당신이 살아 있는 것 같다는 기분이 든다면, 그것은 더 이상 착각이 아니라 희망이다.

부족 이야기, 흔히 우리가 미개하다고 치부했던 그들의 이야기는 오히려 우리가 잊고 있던 것들을 가르친다. 감각 또한 그렇다. 그들은 우리도 똑같이 지닌 감각 기관의 예민함을 극도로 끌어올려 훨씬 다채로운 세계관을 만들어 나갔다. 그러니 우리도 위 시의

"산수유"나 "오디"를 그저 눈으로만 볼 것이 아니라, 손으로 만져 보고, 코로 향을 맡아 보고, 입으로 가져가 맛을 보기도 해야 할 것이다. '충혈된 눈'은 근대에 접어들면서 다른 감각들보다 지배적인 위치에 올랐던 시각視覺의 균열을 암시한다. 이로써 김안녕의 시적 세계에서 또 다른 감각으로 대두되는 것이 바로 '후각'이다. 「마음」에 밴 "냄새"는 누군가의 마음을 상상하게 하는 촉매제인 셈이다. 그리고 "그 냄새를 찾는 데 일생"을 바친 "어떤 사람"의 이야기는 눈으로만은 상상하기 어려운 또 다른 세계로 우리를 안내한다.[3]

---

3 브라질의 보로로 족은 개인의 정체성을 냄새와 관련짓고, 세네갈의 세레르 은두트 족은 냄새 사이의 유사성을 통해 어떤 조상이 아기의 몸으로 환생했는지 알 수 있다고 한다. 이렇듯 냄새는 호흡을 통해 전달되고 호흡을 통해 흡입되는데, 호흡은 신체에 생명력을 주는 공기를 공급한다. 흔히 생명력과 연관되어지는 체액 또한 모두 독특한 냄새를 가지고 있다. 이들 신체적 냄새들은 한 개인의 내부에서 발산되기 때문에 그 사람의 정수, 즉 본질적 존재를 전달한다는 인상을 주는 것이다. –콘스탄스 클라센 외, 김진옥 역, 『아로마 : 냄새의 문화사』, 현실문화연구, 2002, 155~157쪽.

물론, 시인이 이렇게 '농부'나 '인디언 부족'을 떠올린다고 하여 그들과 똑같은 방식으로 살 수는 없다. 하고 싶은 것과 현실의 간극이 무시되어서도 안 된다. 이야기가 주는 매혹의 뒷면에는 그곳이 내가 있는 이곳과 얼마나 멀리 떨어져 있는가를 돌아보게 하는 순간이 자리 잡고 있다. 시인도 마찬가지다. '시'를 떠올릴 때마다 지금 이곳(현실)과 그것(시)이 너무나 멀리 떨어져 있다는 것을 충분히 알고 있다. '시인'으로서 어려움이라고 한다면야 매번 '시'를 써야 한다는 궁리에 처한다는 것이겠으나(「행복한 사람은 시를 쓰지 않는다」), 그렇다고 어디 가서 투정 부릴 형편도 못 된다. 왜냐하면 지금도 "울고 싶어도 울지 않는 사람들이 세상에 아직 많"(「동경」, 『우리는 매일 헤어지는 중입니다』)기 때문이다. 그러니 계속해서 꾹꾹 참아내듯이 써내려 가는 수밖에 없다고 시인은 생각했을 것이다.

> 그리운 사람을 떠올리는데 얼굴이 떠오르지 않는다
> 눈이 짝짝이였는지 눈동자가 갈색이었는지 검정이었는지
>
> 우리는 다정하게 찍은 사진이 한 장 없고

어느 날 화들짝 당신이 떠올라
혹시 곁에 있는가 미심쩍고

가령 빨래 삶는 냄새 같은 것
흰빛이 더욱 희어질 때 우러나는 경이 같은 것
어제 내린 폭설을 딛고 어룽어룽 피어오르는 봄 냄새 같은
간지럽고 두근거리고 아름답고 슬픈
갖은 기척들

(중략)

살아 있다는 것은 결국 당신의 끝없는 꿈을 대신 꾸는 일이었다

인간이어서 죄송한 사람들이
인간다움을 연구하는 사람들이
안간힘을 쓰며 봄을 살아낸다

—「기척들」 부분

습벽인 예민함이 아직 남아 있다면 잠시나마 '곁'

을 둘러볼 수가 있었을 테고, 어려움에 맞서는 둔감함이 없었다면 무언가를 "연구"하는 것이나, "안간힘"을 쓰는 것조차 어려웠을 것이다. 당신에게 진 마음의 빚을 조금이나마 덜어낼 수도 있었을 '사진' 한 장조차 없는 상황에서 씁쓸하고 고독한 질문들이 기척을 내며 일상 곳곳을 스친다. 그때마다 스친 마음의 부위가 쓰라리면서 정말로 당신이라는 존재가 나에게 의미가 있었던 것인지 처음부터 다시 물어봐야 했을 것이다. 예민함과 둔감함이 '시인'들의 습벽이라 하였으나, 위 시에서는 이것이 더욱더 도드라져 보이는 듯하다. 김안녕에게 '시 쓰기'는 아직 "살아 있다는 것"을 확인하기 위한 일종의 '마음 생존법'이며 그에 관한 끈질긴 기록이다. 그 과정은 씁쓸하고 고독할 수도 있지만, 덕분에 누군가의 '마음'은 조금씩 더 단단해질 것이다.

우리는 '연구'나 '안간힘'이라는 말을 무언가 만들 때에도 쓴다. 그런데 여기에는 일종의 변수가 있기 마련이다. 연구가 반드시 성공하리라는 보장은 없으며, 안간힘을 쓴다고 해서 모든 불행을 비껴갈 수 있는 것도 아니다. 하지만 적어도 절박함과 간절함은 있다. 김안녕에게 '시'는 그러했고, '삶'도 그러해야만 했을 것이다. 누군가를 가까스로 떠올리려 하고, 그 모습과 표정을 상상하려면 그 전에 이미 그만큼의 절박함과 간절함으로 몸을 떨었어야만 했으리라. 그래서 날씨가 풀렸어도 겹겹이 옷을 입고 외출을 했었고(「서툰 사람들」, 『우리는 매일 헤어지는 중입니다』), 무심코 밤하늘을 올려다볼 때에도 문득 "저 수많은 별은 누구의 영혼일까"(「요가 수업」, 『우리는 매일 헤어지는 중입니다』)라며 언젠가 '시'로써 기록할 부분을 일부러 비워 뒀을 것이다.

시인은 외출을 했을 때에도 예민함을 놓지 않는다. 시집에는 익숙한 교통수단이 나온다. 첫 번째 시집의 경우에는 전철이나 열차가 주로 나오고, 두 번째 시집에는 「15분마다 한 대 오는 80번」이 대표적이다. 이번 시집에서도 '버스'와 연관된 장면들이 나온다. 버스 안에서 모자母子의 통화를 들었던 일화를 담은 「미안」도 있고, 버스정류장에서 어느 부자父子간의 대화를 의도치 않게 듣다가 버스를 놓치기도 했었고(「세상에 공짜가 어딨나요」), 어느 날엔가는 정거장에 "깃털처럼 많은 밤들이 펼쳐"(「덩그러니」)지는 상상도 해 봤다가, 별내에 있는 집에 갈 때면 늘 "33번"과 "80번" 버스 중에서 무얼 탈지 고민하기도 했었다(「어느 맑은 날」).

이렇듯 버스와 정거장이라는 공간은 평범한 이웃들의 삶을 보여 주면서, 그들의 표정과 몸짓에서 밴 삶의 체취를 고스란히 느끼게 해 준다. 영화 〈패터슨〉에서 버스 운전사인 주인공 '패터슨'이 일과 시간 틈틈이 비밀노트에 시를 적어 내려갔던 장면들처럼, 김안녕의 '시 쓰기'도 버스와 전철, 퇴근길이라는 '일상'과의 간극에서 나오는 예술적 긴장감을 솔직하게 드러낸다는 점에서 독자들에게 조금은 더 생생하게 다가가지 않을까 싶다. 버스 안에서 누군가가 나눈 소소한 대화가 패터슨에게는 시적 영감이 되었듯이 김안녕도 자기 곁에 있는 누군가의 말과 체취를 시로써 담아낸다. 그리고 그렇게 시인이 마주했던 저마다의 사람들이, 그 영혼들이 정말로 별들이라면("저 수많은 별은 누구의 영혼일까"), 그에게 '시'는 온갖 노력과 시간을 쏟아부은 (마음에 관한) 연구이자, 다시 그득하게 차려낸 '우주 밥상'인 것이다.

연구를 해야 하고, 안간힘을 써야 하고, 기록을 해야 한다는 것은 지금 이곳에 분명 있어야 할 무언가가 결여되어 있거나, 사라지고 있음을 의미한다. 그래서 '마음의 생존법'은 우리가 살아가기 위해서, 또 누군가의 희미한 온기로써 그 존재 의미를 잊지 않기 위한 우리들의 방식이어야 한다. 이를 무시한다면 정말로 "새카만 거짓말"(「해피트리」)이 난무하게 될지도 모른다. 그러니 지금의 '시인'에게는 시적인 예민함과 더불어서 일상 속 곳곳에 숨겨진 거짓에 흔들리지 않는 둔감

함도 필요하다.

'곁'은 무한하다. 스치듯 지나가더라도 그것을 가까스로 기억하려 한다면 분명 또 다른 희망이자 꿈으로 다시 되돌아올 것이다. "우리가 희망하고 그 안에서 살아가는 꿈까지 만드는 것"(리베카 솔닛)이 '시'라면, 김안녕은 지금까지 그 꿈들을 시로써 만들어 온 시인이다. 그러니 수많은 꿈들 가운데에서 당신의 꿈을 대신 꾸는 시를 만드는 것이 뭐가 대수일까.

사랑의 근력

2021년 11월 5일 1판 1쇄 펴냄

지은이 김안녕
펴낸이 김성규
편집 김은경 김도현
디자인 김동선
펴낸곳 걷는사람
주소 서울 마포구 월드컵로16길 51 서교자이빌 304호
전화 02 323 2602
팩스 02 323 2603
등록 2016년 11월 18일 제25100-2016-000083호

ISBN 979-11-91262-71-1 04810
ISBN 979-11-89128-01-2 (세트)

* 이 책은 경기문화재단, 경기도의 지원으로 발간되었습니다.